Traducido por Edelvives

Título original: *Lili vil være stor*
© Siri Melchior, Kim Fupz Aakeson y Gyldendal, Copenhague 2012
Acuerdo realizado a través de Gyldendal Group Agency

© De esta edición: Grupo Editorial Luis Vives, 2020

Edelvives Talleres Gráficos. Certificado ISO 9001
Impreso en Zaragoza, España

ISBN: 978-84-140-2518-5
Depósito legal: Z 2005-2019

Kim Fupz Aakeson • Siri Melchior

Lili

quiere ser mayor

EDELVIVES

LILI ESTÁ ENFADADA PORQUE
TIENE QUE IRSE A DORMIR,
PERO... ¡ELLA NO TIENE SUEÑO!

MAMÁ DICE QUE ESO
LO DECIDEN LOS MAYORES,
QUE LILI ES PEQUEÑA
Y QUE YA ESTÁ CANSADA.

LILI SUEÑA CON SER MAYOR.
SERÍA GENIAL SER MUY MAYOR...

CUANDO LILI SEA MAYOR,
SERÁ ELLA QUIEN DECIDA.

LOS DESAYUNOS NUNCA
SERÁN ABURRIDOS.

Y COMPRARÁ TODO
LO QUE LE APETEZCA.

CUANDO LILI SEA MAYOR,
NO SE CONFORMARÁ CON
TENER SOLO UN PERRO.

SE VESTIRÁ COMO QUIERA.

SE PONDRÁ TODAS LAS JOYAS
QUE LE GUSTEN.

Y NO SE QUEDARÁ EN CASA SENTADA
SIN HACER NADA.

CUANDO LILI SEA MAYOR,
PROBABLEMENTE TAMBIÉN
SOÑARÁ CON SER PEQUEÑA
DE VEZ EN CUANDO.

PERO AHORA ES PEQUEÑA
Y ESTÁ CANSADA Y LE GUSTA
QUE SE QUEDEN CON ELLA
HASTA QUE SE DUERMA...